SOPA DE LIBROS

D0166997

Título original: *Cappuccetto Rosso Verde Giallo Blu e Bianco*

© Bruno Munari y Enrica Agostinelli, 1981
© Giulio Einaudi editore s.p.a., Turín, 1981
© De la traducción: Teresa García Adame, 1998
© De esta edición: Grupo Anaya, S.A., 1998
Juan Ignacio Luca de Tena, 15. 28027 Madrid
www.anayainfantilyjuvenil.com
e-mail: anayainfantilyjuvenil@anaya.es

1.ª ed., octubre 1998
15.ª ed., junio 2016

Diseño: Manuel Estrada

ISBN: 978-84-207-9045-9
Depósito legal: M. 50810/2010

Impreso en España - Printed in Spain

Munari, Bruno
Caperucita Roja, Verde, Amarilla, Azul y Blanca / Bruno
Munari, Enrica Agostinelli ; ilustraciones de los autores;
traducción de Teresa García Adame. — Madrid : Anaya, 1998
136 p. : il. col. ; 20 cm. — (Sopa de Libros ; 27)
ISBN 978-84-207-9045-9
1. Colores. 2. Lobos. 3. Nieve. 4. Caperucita Roja I.
Agostinelli, Enrica, coaut. II. García Adame, Teresa, trad.
III. TÍTULO. IV. SERIE
850-34

Caperucita Roja, Verde, Amarilla, Azul y Blanca

SOPA DE LIBROS

Bruno Munari
y Enrica Agostinelli

Caperucita Roja, Verde, Amarilla, Azul y Blanca

Ilustraciones de los autores

Traducción de Teresa García Adame

ANAYA

A Gianni Rodari

La historia de Caperucita Roja
es conocida por los niños de todo
el mundo. Menos conocida es la historia
de Caperucita Verde y menos todavía
la de Caperucita Amarilla y la de
Caperucita Azul.

Completamente desconocida hasta
el día en que se publicó este libro era
la historia de Caperucita Blanca.

Ahora está aquí, en estas páginas,
pero no se ve. Se sabe que hay una
niña vestida toda de blanco, perdida
en la nieve. Se sabe que hay una abuela,
una mamá y un lobo. Se sabe que hay
un banco de piedra en el pequeño jardín
cubierto de nieve, pero no se ve nada:
no se ve la caseta del perro, no se ven
los parterres, no se ve nada, realmente
nada, todo está cubierto por la nieve.

Nunca se había visto tanta nieve.

Grimm

CAPERUCITA ROJA

Érase una vez una pequeña y dulce muchachita, que en cuanto se la veía se la amaba, pero sobre todo la quería su abuela, que no sabía qué darle a la niña. Un buen día le regaló una caperucita de terciopelo rojo, y como le sentaba muy bien y no quería llevar otra cosa, la llamaron *Caperucita Roja*.

Un día la madre le dijo:

—Ven, Caperucita, aquí tienes un pedazo de pastel y una botella de vino; llévaselo a la abuela, que está enferma y débil, y se sentirá aliviada con esto. Prepárate antes de que haga mucho calor, y cuando salgas ve con cuidado y no te apartes del sendero, si no, te

caerás y romperás la botella, y la abuela
se quedará sin nada. Y cuando llegues
no te olvides de darle los buenos días,
y no te pongas a curiosear antes por
todas las esquinas.

—Lo haré todo bien —dijo
Caperucita a su madre, y le dio la mano
a continuación.

La abuela vivía muy dentro del bosque,
a una media hora de distancia del pueblo.

Cuando Caperucita llegó al bosque
se tropezó con el lobo. Pero Caperucita,
que aún no sabía lo mal bicho que es
el lobo, no tuvo miedo de él.

—Buenos días, Caperucita Roja
—dijo él.

—Muchas gracias, lobo.

—¿Adónde tan temprano,
Caperucita?

—A ver a la abuela.

—¿Qué llevas debajo del delantal?

—Pastel y vino. Ayer lo hicimos.
Con esto, la abuela,
que está algo débil, se alimentará
y se fortalecerá.

—Caperucita, ¿dónde vive tu abuela?

—Todavía a un buen cuarto de hora andando por el bosque. Debajo de tres grandes encinas, está su casa; abajo están los setos del nogal, como sabrás.

El lobo pensaba para sí: «Esta joven y tierna presa es un dulce bocado y sabrá mucho mejor que la vieja; tengo que hacerlo bien desde el principio para cazar a las dos». Siguió andando un rato junto a Caperucita Roja y luego dijo:

—Caperucita, mira las hermosas flores que están alrededor de ti; ¿por qué no echas una ojeada a tu alrededor? Creo que no te fijas en lo bien que cantan los pajarillos. Vas como si fueras a la escuela y aquí en el bosque es todo tan divertido...

Caperucita Roja abrió los ojos y, cuando vio cómo los rayos del sol bailaban de un lado a otro a través de los árboles y cómo todo estaba tan lleno de flores, pensó: «Si le le llevo a la abuela un ramo de flores, se alegrará; aún es pronto y podré llegar a tiempo».

Y se desvió del sendero, adentrándose en el bosque para coger flores. Cogió una y, pensando que más adentro las habría más hermosas, cada vez se internaba más en el bosque.

El lobo, en cambio, se fue directamente a casa de la abuela y llamó a la puerta:

—¿Quién es?

—Caperucita Roja, traigo pastel y vino. Ábreme.

—¡Mueve el picaporte! —gritó la abuela—. Estoy muy débil y no puedo levantarme.

El lobo movió el picaporte, la puerta se abrió y él, sin decir una palabra, fue directamente a la cama de la abuela y se la tragó. Luego se puso sus vestidos y su cofia, se metió en la cama y corrió las cortinas.

Entre tanto Caperucita Roja había seguido buscando flores, y cuando ya había recogido tantas que no las podía llevar, se acordó de nuevo de la abuela y se puso de nuevo en camino de su

casa. Se asombró de que la
puerta estuviera abierta y, cuando
entró en la habitación, se encontró
incómoda y pensó: «Dios mío, qué
miedo tengo hoy, cuando por lo general
me gusta estar tanto con la abuela».
Exclamó:
—¡Buenos días! —pero no recibió
contestación.

Luego fue a la cama y descorrió las
cortinas; allí estaba la abuela con la
cofia tapándole la cara, pero tenía una
pinta extraña.

—¡Ay, abuela, qué orejas tan grandes
tienes!
—Para oírte mejor.
—¡Ay, abuela, qué ojos tan grandes
tienes!
—Para verte mejor.
—¡Ay, abuela, qué manos tan grandes
tienes!
—Para cogerte mejor.
—¡Ay, abuela, qué boca tan
enormemente grande tienes!
—Para devorarte mejor.

Apenas había dicho esto, el lobo saltó de la cama y se zampó a la pobre Caperucita Roja.

Después de que el lobo hubo saciado su apetito, se metió de nuevo en la cama, se durmió y comenzó a roncar con todas sus fuerzas.

El cazador, que pasaba en ese preciso momento por la casa, pensó: «Cómo ronca la anciana; tendrías que ir a ver si necesita algo». Y cuando entró en la habitación y se acercó hasta la cama, vio que el lobo estaba dentro:

—¡Ah, estás aquí, viejo pecador! —dijo él—. ¡Tanto tiempo como llevo buscándote!

Entonces quiso cargar su escopeta, pero pensó que el lobo podía haber devorado a la abuela, y a lo mejor aún se la podía salvar, así que no disparó, sino que cogió las tijeras y comenzó a rajar al lobo la barriga. Cuando había dado unos cuantos cortes, salió la muchacha y dijo:

—¡Huy, qué susto tenía! En la barriga del lobo estaba todo muy oscuro.

Y luego salió la abuela también viva, aunque casi no podía respirar. Caperucita Roja cogió rápidamente unas piedras, con las que llenaron la barriga al lobo. Cuando este despertó, quiso irse saltando, pero las piedras eran tan pesadas que se cayó y murió.

A consecuencia de esto estaban los tres muy felices. El cazador le quitó al lobo la piel y se la llevó a casa; la abuela se comió el pastel y bebió el vino que había traído Caperucita Roja y se recuperó de nuevo. Caperucita Roja pensó: «Ya no te volverás a desviar en toda tu vida del camino si tu madre te lo ha prohibido».

Se cuenta también que, una vez, Caperucita Roja le llevó de nuevo a la abuela pastas, y otro lobo le habló y la quiso desviar del camino. Caperucita Roja se guardó de hacerlo y siguió directamente su camino, y le dijo a la abuela que se había encontrado con el lobo, que le había dado los buenos días, pero que la había mirado con tan malos ojos que, si no hubiera estado en un lugar público, la habría devorado.

—Ven —dijo la abuela—, vamos a cerrar la puerta para que no pueda entrar.

Poco después llamó el lobo y gritó:

—¡Abre, abuela, soy Caperucita Roja y te traigo pastas!

Ellas permanecieron en silencio y no abrieron la puerta. El cabeza gris dio varias vueltas alrededor de la casa, finalmente saltó al tejado y quiso esperar hasta que Caperucita Roja se fuera por la noche a casa; entonces él la seguiría y se la zamparía en la oscuridad. Pero la abuela se dio cuenta de lo que le rondaba por la cabeza. Ante la casa había una gran artesa de piedra, y le dijo a la niña:

—Coge el cubo, Caperucita; ayer cocí salchichas, trae el agua en la que las he cocido y échala en la artesa.

Caperucita Roja trajo agua hasta que la gran artesa estuvo llena. Luego empezó el olor de las salchichas a llegarle a la nariz al lobo, olisqueó, miró hacia abajo, y finalmente estiró tanto el cuello, que no pudo sujetarse más y comenzó a resbalar, de modo que se cayó del tejado precisamente dentro de la artesa y se ahogó. Caperucita Roja se fue feliz a casa y nadie le hizo daño.

Bruno Munari

CAPERUCITA VERDE

En una casita, en medio de
un prado, vive Caperucita Verde.
Es una niña muy buena y simpática.

Un día su mamá le puso en la cabeza
una caperuza hecha de hojas verdes,
muy ridícula, pero a Caperucita le gustó
tanto que la lleva siempre puesta: solo
se la quita para dormir.

Una rana, que se llama Verdecita,
es muy amiga de Caperucita Verde
y juegan siempre juntas. Pero Caperucita
Verde tiene también otros amigos y
amigas: está Zip, que es un saltamontes,
y tiene este nombre porque de repente
salta como un muelle. Después están
Josefina, la tortuga, y Guisantito, el
caracol, que siempre echan carreras,
y Zip juega con ellos saltando sobre
uno y sobre otra.

La mamá de Caperucita Verde tiene un regalo para llevar a la abuela Esmeralda, que vive en otra casita al otro lado del bosque. Se trata de un bonito cesto hecho de ramas verdes trenzadas, y dentro una botella de menta, perejil, lechuga y un paquetito de té de menta envuelto en papel con dibujos verdes.

—Llévale este cesto a la abuela —dice la mamá a Caperucita Verde, y Caperucita se pone el vestido verde y los zapatos verdes, con los calcetines verdes.

—Ten cuidado —le dice su mamá—; cuando atravieses el bosque, estáte atenta a los peligros, mira dónde pisas, no te ensucies, no te pierdas, no molestes a las hormigas y regresa pronto.

—Ven conmigo, Verdecita —dice Caperucita Verde. Después da un beso a su mamá y sale de su casa hacia la de su abuela.

Después de caminar un poco, llega
en seguida al bosque de luz verde.
Caperucita camina con paso seguro,
llevando el cesto con las cosas para
la abuela.

Qué bonito está el bosque: hay hojas por todos lados, delante, detrás, arriba y abajo, hojas de todo tipo, estrechas, anchas, largas, con dientes o lisas, hojas que pinchan, hojas suaves...

La rana Verdecita
se divierte saltando como
una loca: salta sobre las
grandes hojas, salta sobre las
piedras, salta sobre la hierba.
Caperucita Verde camina
deprisa escuchando
el canto de
los pájaros.

El bosque es cada vez más frondoso.

Caperucita sigue su camino.

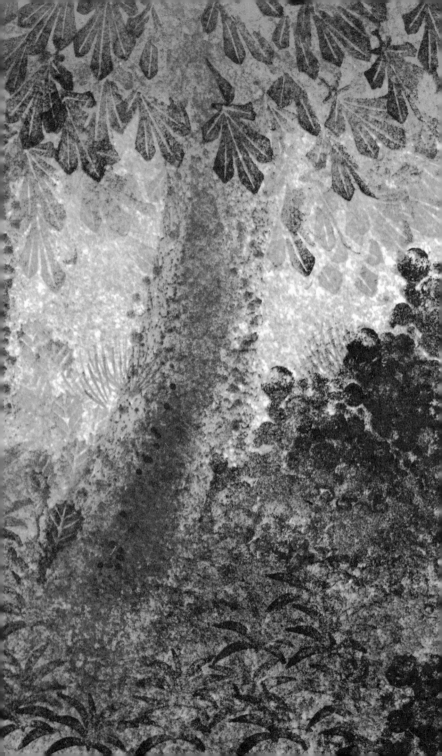

Caperucita pasa detrás de una gran roca.

¡El lobo!... La fiera negra quiere asustar a Caperucita Verde para robarle el cesto; de repente, salta desde detrás de la roca donde estaba escondido. Pero, por suerte, es el final del bosque y Caperucita Verde corre a donde el lobo no se atreve a salir por miedo a ser visto y capturado por la gente.

El lobo sigue con la mirada rabiosa
a Caperucita Verde, escondido detrás
de un arbusto, y piensa asaltarla cuando
llegue a casa de la abuela. Caperucita
corre hacia la casa de la abuela.
Pero ¿dónde está Verdecita?
La rana no está. ¿Dónde estará?

¿Dónde estará la rana Verdecita?

—Rápido, rápido, venid todas —dice Verdecita a sus amigas—. ¡Caperucita Verde está en peligro, ha aparecido el lobo, corramos a salvarla!

Y todas salen brincando.

De repente, el lobo es asaltado por las ranas. No comprende qué está sucediendo; trata de atraparlas con sus zarpas, se agita, pelea, mientras las ranas lo asaltan por todas partes, saltándole al hocico, pues son más ágiles que él. Es como una tormenta. Al final, la cabeza le da vueltas.

Mientras tanto, Caperucita
Verde ha llegado a casa
de la abuela. El lobo se aleja resoplando.
Verdecita sigue amenazándolo.
¡Fuera! ¡Fuera!

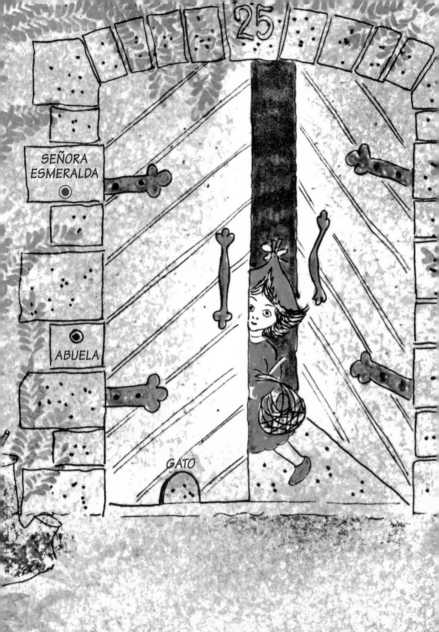

Caperucita toca el timbre y entra en la casa.

La abuela ha visto todo y ha
preparado un buen té de menta
para Caperucita y para sus amigos.
Las ranas se sientan donde quieren.

Caperucita Verde tiene en casa de la
abuela Esmeralda una mesa pequeña
con un mantel de lunares, una sillita y
una pequeña biblioteca en la biblioteca
de la abuela.

Todos beben el té con mucho azúcar
menos una rana. Y todos descansan
un poco antes de regresar.

—Sin azúcar, por favor.

Después Caperucita Verde regresa
a casa, y atraviesa el bosque junto a
su amiga la rana y las otras ranitas,
que también regresan a casa. Ahora
Caperucita no tiene ya miedo del lobo
porque sabe que tiene muchos amigos.

Cuando llegan a casa, Caperucita y Verdecita cuentan a la madre su aventura. Caperucita le describe toda la historia muy bien y Verdecita le dice todo lo que ha hecho para asustar al lobo.

—Ese feo y malvado lobo no volverá más por aquí —dice la madre—; ahora ha cogido tanto miedo que no se le pasará en mucho tiempo: un miedo que antes no sabía que existiese.

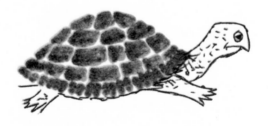

—Yo también quiero escuchar —dice la tortuga, que llega tarde.

Bruno Munari

Caperucita Amarilla

En la planta baja del rascacielos
más alto de la ciudad vive Caperucita
Amarilla. Su padre es el vigilante de
un aparcamiento de coches y su madre
trabaja en un supermercado. El piso
es pequeño, pero la madre lo tiene
en orden y bien arreglado. Le queda
incluso tiempo para leer algún libro.
A Caperucita le ha hecho un conjunto

de lana amarilla, muy sencillo de forma
y de un color muy bonito porque no
es un amarillo limón ni tampoco un
amarillo calabaza: es un amarillo
con reflejos de otro amarillo y muy
suave, como las plumas de un canario.

Muchos canarios vienen a ver a
Caperucita Amarilla porque ella pone
siempre sobre la barandilla del balcón
migas de pan; así, se han convertido
en grandes amigos y los canarios
la acompañan también en medio
del tráfico de la ciudad, cuando
Caperucita tiene que ir a casa
de la abuela.

Mañana irá a llevarle un cesto
de plástico amarillo con unos limones,
unos pomelos y una botella de aceite
de oliva.

Para ir a casa de la abuela, Caperucita
debe atravesar la ciudad, lo cual es muy
peligroso a causa del tráfico, tanto como
atravesar el bosque.

Por culpa del tráfico hay muchos
peligros, pero Caperucita tiene
guardado un secreto, que comparte
con sus amigos los canarios.

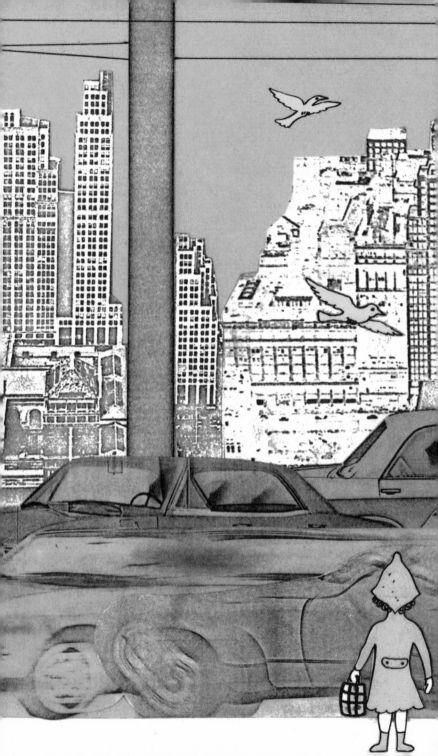

Aquí está, parado ante un semáforo, un lobo al volante de un coche. El lobo la mira con ojos extraños, insistentemente, y después le dice:

—¿Quieres venir a dar una vuelta conmigo, bella niña?

Caperucita tiene un poquito de miedo, pero se ha dado cuenta de que un canario ha visto al lobo y ya sabe lo que tiene que hacer.

A una señal de Caperucita, todos los canarios van a posarse y a revolotear alrededor del semáforo. ¡Qué confusión!

Nadie ve las señales, y se forma tal atasco en el tráfico, que el lobo no puede circular.

Caperucita Amarilla atraviesa
tranquilamente la calle.

La abuela de Caperucita vive
en el desván de una vieja casa.

—Hola, Caperucita.

—Hola, abuelita.

Caperucita se queda un rato con la abuelita, que le cuenta un cuento.

Mientras Caperucita Amarilla regresa a casa, piensa en el cuento que la abuela le acaba de contar: el de una tal Caperucita Roja y un

lobo que se comía a la abuela sin masticarla y otras cosas horribles.

«¡Pobres niños! —piensa Caperucita Amarilla—. ¡Qué miedo daban los cuentos que contaban cuando la abuela era niña como yo!»

Y Caperucita vuelve a casa con un paquete a rayas azules que la abuela le ha dado para su madre. Caperucita ahora no tiene miedo del lobo porque sabe que puede contar con la ayuda de sus amigos los canarios, que la siguen. Algunos de ellos se divierten echando carreras de velocidad con un motociclista que pasa en ese momento.

En el paquete a rayas azules hay un libro para la madre. Caperucita se lo entrega y después le cuenta su aventura, mientras los canarios vuelan fuera, cerca de la ventana; vuelan por todas partes, hacen cabriolas en el aire: están todos contentos porque han ayudado a Caperucita Amarilla a salvarse del lobo.

Enrica Agostinelli

CAPERUCITA
AZUL

Soy el barco Ultramar,
y llevo a casa a mi capitán Marino,
papá de Caperucita Azul.

   Hace un frío terrible y el mar está azul.
La mamá de Caperucita Azul se llama
Marinela, y vive en la isla Marina porque
es la guardiana del faro. La abuela
Celestina es una estupenda pescadora.
El papá es un lobo de mar que está
regresando a casa: viaja a bordo del barco
Ultramar, que se ve ya a lo lejos. Ahí está.

Al salir el sol, mamá Marinela prepara un cesto lleno de regalos azules y de ovillos de lana de muchos azules diferentes para llevárselos a la abuela Celestina, que sabe hacer unos jerseys muy bonitos para todos. Caperucita Azul va a llevar a la abuela el cesto con los regalos en su barca, que se puede ver ahí abajo sobre las olas azules.

En cuanto asoma el sol, Caperucita Azul baja a la playa y suelta su barca azul, que es solo de ella. Mientras se prepara para su viaje, no se da cuenta de que está llegando el gran barco que trae a casa a su querido papá Marino. Caperucita Azul sabe remar muy bien.

Se empieza a sentir el calor del sol sobre el mar azul aún frío. Es un bonito día. Caperucita Azul se siente feliz, le gusta mucho ir en barca, y está atenta a los escollos. Ve uno pequeño, pero no sabe lo que hay detrás... El barco Ultramar, mientras tanto, se acerca poco a poco a la isla Marina.

Soy la aleta misteriosa... fiiisssssscsh... fiiisssssscsh...

Se ha levantado una ligera brisa, una
nube está a punto de esconder el sol, el
mar está un poco revuelto; entre las olas,
cada vez más altas, aparece un morro
azulado con una gran bocaza abierta
que querría ser una sonrisa.

Niña bonita,
¿cómo te llamas? Yo soy el
pez-lobo, pero soy muy bueno.
¿Echamos una carrera hasta la
orilla? ¿Adónde vas?

Y he aquí que aparece la bellísima costa azul con sus playas inmensas. Junto a los escollos Turquesa y Azulete se ve también la casita de la abuela Celestina: la casa es pequeña, pero muy bonita, y está decorada con algas y peces disecados.

La abuela Celestina es muy buena cosiendo
las redes y le gusta estar al sol a la orilla del mar.

La abuela Celestina ve, con asombro, cómo asoma, entre las olas junto a los escollos, el feo morro del pez-lobo.

La abuela Celestina sabe
que este pez-lobo es muy
peligroso, así que piensa
capturarlo entre los dos
escollos, donde el agua
es poco profunda.

Caperucita Azul mira hacia la costa y ve, sobre el escollo Turquesa, a la abuela que le hace señas agitando los brazos, mientras el pez-lobo permanece atrapado entre las dos rocas.

Caperucita Azul ayuda a la abuela
a pescar el peligrosísimo pez-lobo con
la red que la abuela había tendido ya
entre los escollos.

Así capturan las dos valientes pescadoras al pez-lobo, que era el terror de la costa. El gran pez se ha ahogado al salir a la superficie y la abuela y Caperucita lo han puesto a secar.

El sol está cada vez más bajo.
Caperucita se divierte decorando con
flores y frutas la cabeza del enorme
animal, mientras la abuela casi ha
gastado la tinta azul.

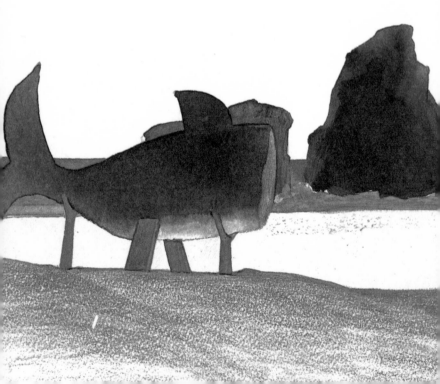

El sol está a punto de ponerse, el aire es más fresco, y la abuela y Caperucita Azul

transportan con dificultad el cuerpo
del pez-lobo hacia la barquita Azulita.

Y mientras llega la noche y el sol se esconde detrás del mar, Caperucita Azul y su abuela reman hacia el faro Brillante y ven con gran alegría el barco en el que papá ha regresado a casa; y todos están allí saludando alegremente a la abuela y a la niña, que llegan con su gran pez atado a la barquita Azulita.

Bruno Munari

CAPERUCITA BLANCA

A Remy Charlip y John Cage

Nunca se ha visto tanta nieve.

Hoy, al despertar y abrir la ventana, nos ha cegado tanta blancura: la nieve caída durante la noche ha cubierto todo.

¡Nunca se ha visto tanta nieve!

Aun mirando con atención la nieve,
no se consigue distinguir la caseta del perro,
ni los arbustos de boj, ni el banco de piedra,

ni el contorno de los parterres, ni el sendero que lleva al bosque. Aun abriendo bien los ojos, no se consigue ver nada.

En medio de la nieve se ven solo
los ojos de Caperucita Blanca. «¿Cómo
lograré ir a casa de la abuela Clara y
llevarle los huevos, la leche y el azúcar

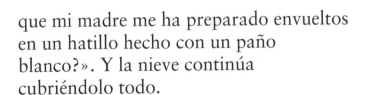

que mi madre me ha preparado envueltos
en un hatillo hecho con un paño
blanco?». Y la nieve continúa
cubriéndolo todo.

Caperucita Blanca camina lentamente
por la nieve en dirección al bosque,

que todavía no se ve.

La nieve está muy blanda y
Caperucita Blanca se hunde hasta
las rodillas. Se encuentra con el pintor
Blanco, que ha perdido su caja de colores.

Caperucita lo consuela y le sugiere ir a ver
a Blancanieves para que le dé otra nueva.

Después de un rato caminando por la nieve, Caperucita Blanca oye un extraño aullido, pero no ve nada. ¿Será el lobo blanco? ¿Dónde estará? ¿Qué hará? Mientras tanto el lobo continúa aullando, pues está muy enfermo porque le ha dado una indigestión de abuelas y ahora solo puede comer arroz blanco. Pobre lobo. Pero ¿dónde estará? No se ve nada.

Tampoco el lobo ve a Caperucita Blanca,

que continúa su camino por la nieve.

Caperucita Blanca ve un enorme montón de nieve; quizá, la casa de la abuela esté bajo la nieve. Caperucita se abre paso a través de la nieve y encuentra un cartel

escrito con tiza blanca, donde se lee:
«Me he ido al África negra; regresaré
en verano. Adiós; no llores».

Caperucita enrojece por la sorpresa,
pero por dentro está un poco verde por
no haber encontrado a la abuela.

—¡Parece un cuento de misterio! —exclama. Y se encamina de vuelta a casa de su madre.

Hace mucho frío y Caperucita está
un poco morada; pero todo se arreglará
cuando encuentre a su mamá. No se ha
vuelto a ver al lobo.

Esta extraña historia os hará pasar
una noche en blanco.

Escribieron y dibujaron…

Bruno Munari
Enrica Agostinelli

—*Bruno Munari nació*
en Milán en 1907. Es ar-
tista y diseñador mun-
dialmente conocido. Ha
abierto talleres para «ju-
gar con el arte» en todo
el mundo, y ha conseguido innumerables y prestigiosísi-
mos reconocimientos internacionales como escritor e
ilustrador. ¿Qué ha supuesto para usted diseñar juegos
para niños?

—Me siento muy cerca del mundo de los niños. Creo
que es muy importante que desarrollen su propia creati-
vidad. Por eso me he dedicado especialmente a diseñar
juegos para ellos y proponer un nuevo método para esti-
mular sus capacidades.

—*¿En su infancia le gustaba inventar objetos para*
jugar?

—Ya lo creo que me gustaba. Solía coger cualquier
cosa, de esas que los adultos consideran que no sirven

para nada, que tiran despreocupadamente. Por ejemplo, una caja de cartón rota, bastante deteriorada, y yo la convertía en cualquier cosa: una locomotora, una cueva... Le añadía otros materiales, de modo que, al final, no era tan fácil reconocer aquella cosa destinada al desecho.

—*Además de libros infantiles, ¿ha trabajado el diseño en otros campos?*

—Sí. He diseñado objetos de creación industrial, y he organizado exposiciones de libros en los que el diseño era lo principal. Así, en 1953, en Nueva York, realicé una exposición con libros cuyas páginas estaban arrancadas, rotas, agujereadas y cosidas. Creo que os hubiera gustado verla.

—¿*Cómo surgió la idea de este libro?*

—Caperucita es un personaje que siempre me fascinó. Y creo que a todos los niños les ha sucedido algo parecido. Cuando has leído una y otra vez el cuento, llega un día en que te preguntas: «Bueno, ¿y si en lugar de Caperucita Roja, fuera de otro color? ¿Cómo sería Caperucita Verde, Amarilla, Blanca o Azul...?». No solo yo me hice esas preguntas.

—*Claro, también Enrica Agostinelli...*

—Efectivamente. A ella también le había apasionado el personaje de los cuentos de Grimm. A Enrica le encanta el mar. Por eso, en este libro, escogió escribir e ilustrar *Caperucita Azul* en el ambiente más azul, o sea, el mar, con un lobo marino muy especial.

—¿*Por qué esos lobos tan diferentes en cada Caperucita?*

—Si el personaje de Caperucita es admirable, no lo es menos el del lobo. A todos los niños les gusta ese personaje tan «querido» y, por supuesto, tan temido. Así que, si Caperucita es de otro color, tendrán que cambiar el ambiente, los amigos, los ingredientes de la cesta y, cómo no, el lobo. En ese caso, ¿por qué no un lobo que vaya en su coche o un lobo que sufra indigestión de abuelas y necesite una dieta de arroz blanco?

—¿*Considera que el color es lo más espectacular de este libro?*

—El color no sería nada sin la fantasía. Son los mundos de cada Caperucita los que se tiñen de color: el azul del mar, el blanco de la nieve, el verde del campo, el amarillo de las luces de la ciudad... hasta inundar la página y servir de fondo al texto. Desde la fantasía, los niños comparten nuestra común aventura.